ラピスリライツ
魔女たちのアルバム
LiGHTs編

あさのハジメ

魔女。それは、光。

人々の脅威となる魔獣を浄化するもの。

そして、希望の歌を届けるもの。

フローラ女学院は、そんな魔女たちの学校。

彼女たちは、夢を見る。

いつか多くの人々を救い、笑顔を届けることを。

それは学院に通う５人の魔女、ティアラ、ロゼッタ、ラヴィ、

アシュレイ、リネットにとっても同じ。

「私、お姉ちゃんみたいな
魔女になるのが夢なんです！」

「魔獣から大切な人を守りたい。
そのために、強くなりたい」

「先生の世界では、魔女のことを
アイドルって言うんだよね!?」

「私の目標は立派な騎士になること。
魔女になったのはあくまでその通過点だ」

「わたし……
えっと、本と魔女が大好きで……」

彼女たちが組むユニットの名は、LiGHTs。

しかし、魔女と言っても実力も人気もまだまだ。

言わば、見習いのようなもの。

——ただ、そんな彼女たちの日常も変わり始めた。

異世界から来訪者（フォーリナー）と呼ばれる人間が召喚され、彼が担任になったのだ。

彼の指導を受け、努力を積み、人気を上げていくLiGHTs。

そう、彼女たちには願いがある。

かつて『伝説』と呼ばれた５人の魔女、Ray。

Rayのように、歌い、踊り、戦い……世界を照らす光となる。

それがLiGHTsの願い。

そしてこの本は、そんな彼女たちの日常を記録した、ドキュメンタリーなのである……！

「……っていうイントロダクションを考えたんだけど、どうかな!?」

「……いや、ラヴィ。やけに大げさで長すぎやしないか？」

「いえ！　このくらい期待感をあおる方が冒頭としてはいいかもしれません！」

「まあ、リネットがそう言うなら……ティアはどう思う？」

「えへへ、私はとってもいいと思うよ！
まずはみんなに見せる前に、この本を先生に読んでもらおう？
というわけで……」

「「「「「よろしくお願いします、先生！」」」」」

◆ PROFILE

明るく元気なムードメーカー。幼いころ病気がちだったせいか、歌で誰かに元気を届けたいという強い想いを持つ。ロゼッタとは幼なじみ。特別クラスの中では普通な女の子に見えるが、その正体は、ウェールランドの第二王女。姉である第一王女に憧れて魔女になったが、ロゼッタ以外には身分を隠している。

◆キャラクター情報

出身国:ウェールランド
年齢:16
血液型:A型
身長:156cm
3サイズ:B83/W57/H81
誕生日:8月7日
部活・委員会:園芸部
趣味:ガーデニング
好きなもの:植物、歌
嫌いなもの:病気
家族構成:父、母、姉
特技:最近マンドラゴラの声を聞いても平気になった

LiGHTs

◆ファンのみんなへ自分のことをPRしてください！

はじめまして、LiGHTsのティアラです！　夢はお姉……いえ、Rayのエリザ様のようなトップ魔女になることです。私たちは実力も人気もまだまだ。けど、いつか必ず舞台で咲き誇って……ファンのみなさんに元気を、笑顔を、そして希望を届けてみせます！　今後とも応援よろしくお願いします！

◆座右の銘とその理由は？

『今この瞬間を全力で！』ですね。私、子供のころから病気がちで、ずっと部屋で寝こんでいました。もし元気になれたら魔女になりたいって思ってました。だから今こうして元気になって、みんなと一緒に歌えるのがすごくうれしくて♪　魔女として舞台に立てる時間は一瞬たりともを無駄にしません……全力で、歌います！

◆学校がお休みの日は何をしてる？

LiGHTsやクラスのみんなとダウヒッチストリートで遊んだりしますね♪　一人で過ごすときはガーデニングをしたり、花屋に行ったり……あっ、そうだ！　もしよければ、今度うちの園芸部で育てている魔法植物を見せましょうか？　近ごろはマンドラゴラのドラちゃんがすごく可愛くて……えへへ♡

Rosetta ロゼッタ

◆PROFILE

学科テストでトップ3に入る優等生。貴族家系の出身であり、成績優秀でクールな性格。後輩たちから人気が高いが、少々抜けている部分があったり、節約好きで家計簿をつけていたりと、貴族らしくない一面もある。

◆キャラクター情報

出身国:ウェールランド

年齢:16

血液型:A型

身長:164cm

3サイズ:B79/W56/H81

誕生日:9月6日

部活・委員会:クラス委員長

趣味:勉強、ポイントカード集め、
妹への手紙を書くこと

好きなもの:ノブレス・オブリージュ、
半額タイムセール

嫌いなもの:魔獣

家族構成:父、母、妹

特技:暗算、家計簿作り

LiGHTs

◆ファンのみんなへ自分のことをPRしてください！

こんにちは、LiGHTs所属のロゼッタです。クラス委員長をしています。特別クラスは個性的な生徒が多いのでまとめるのは少し大変ですが、みんなと一緒に学べるのはすごく楽しいです。クラスだけでなく、舞台上からファンのみなさんを引っ張れるよう精進しますので、ご指導ご鞭撻のほど、よろしくお願いします。

◆座右の銘とその理由は？

『ノブレス・オブリージュ』。高貴なる者に伴う義務という意味になります。私の家系はウェールランド貴族。そのせいか、子供のころから誰かの役に立つのに憧れていて。この世界には人々の生活を脅かす存在……魔獣がいます。――魔獣からみんなを守れる強い魔女になりたい。そのためなら、どんな努力も惜しみません。

◆妹のヘンリエッタはどんな子？

難しい質問ですね。妹の可愛さを語るには紙面が足りなくて……そうだ、あの子からもらった手紙を読みましょうか？　『魔法中継でLiGHTsの公演を見たのですが、最高でした！　姉様はエッタにとって自慢の姉様です♪』……ああ、可愛い……あっ、こほんっ。えっと、妹の可愛さが伝わりましたら、うれしいです。

Lavie ラヴィ

◆ PROFILE

スポーツ万能で、魔女の素質が高い天才児。かなりの自信家で、自称『特別クラスのエース』。天真爛漫な性格だが、勉強はすさまじく苦手で、学科試験では常に最下位。アシュレイとはルームメイトで、本人曰く大親友。

◆キャラクター情報

出身国：マルルセイユ
年齢：16
血液型：B型
身長：152cm
3サイズ：B87/W57/H83
誕生日：5月23日
部活・委員会：チアリーディング部
趣味：スポーツ全般、服屋巡り
好きなもの：一等賞、アシュレイが作った服
嫌いなもの：学科テスト、追試
家族構成：祖父、祖母、父、母、妹、弟
特技：一度見ただけでダンスの振りを完コピできる

LiGHTs

Q&A

◆ファンのみんなへ自分のことをPRしてください！

ほえ？　PRって……どういう意味？　自分の紹介とかすればいいのかな？　だったら……やっほー、特別クラス……いいや！　この学院のエース、ラヴィちゃん登場～！　部活はチア部に入ってるよ！　わたしのことを応援してくれたら、みんなのこともちょー応援してあげる！　そう、こんな風に……フレフレ、みんな♪

◆座右の銘とその理由は？

えっ、THE YOU NO MAY……あなたは5月じゃありません!?　……なんてね？　座右の銘の意味ならアシュレイから教わったよ！　わたしの場合『舞台の上には特別になれるチャンスがある』かな。それが魔女のステージ、オルケストラで……あっ！　らしくないマジメなこと言ってるって顔しないでよね～!?

◆ダンスをすぐ覚えるコツを教えて！

簡単簡単！　一回見れば覚えられるよ！　えっ、そういうことじゃなくて、具体的なコツ？　う～ん……そうだ！　言葉にするのは難しいから、わたしが実際に踊ってみせるね!?　わかりやすいように、ゆっくり踊る。LiGHTsのみんなにもこうやって教えてるんだ！　だから……えへへ、エースに任せなさ～い♪

Ashley アシュレイ

◆PROFILE

騎士家系の出身で、「魔女は騎士になるための通過点だ」と主張する少女。昔から鍛錬を積んでおり、その影響で性格はかなり堅いが、実は可愛い衣装やヌイグルミに目がなく、手芸部に入っている。『LiGHTs』の衣装製作担当。

◆キャラクター情報

出身国:ドルトガルド
年齢:17
血液型:O型
身長:163cm
3サイズ:B82/W58/H81
誕生日:2月9日
部活・委員会:手芸部
趣味:刺繍、編み物、洋服作り
好きなもの:鍛錬、可愛い服、ウサギ
嫌いなもの:遅刻
家族構成:父、兄が三人
特技:ガートランド流剣闘術

◆ファンのみんなへ自分のことをPRしてください！

やあ、LiGHTs所属のアシュレイだ。私の目標は立派な騎士になること。魔女の学校に通っているのもその通過点に過ぎない。だが、クラスのみんなやLiGHTsのメンバーは大事な仲間。仲間の力になることこそ、騎士の使命だ。だからみんなも助けが必要な時は遠慮なく頼ってくれ。みんなのためなら、私は歌を届けるぞ。

◆座右の銘とその理由は？

『空から落ちてきたマイスターはいない』だな。祖国のことわざで、私の父の口癖の一つでもある。マイスターとは達人のことを指す。つまり『生まれついての達人はいない、何かを極めるには努力を重ねなければならない』という意味だ。それは騎士にも言えることだと私は思っている。もちろん、魔女にとってもな。

◆手芸のどんなところが楽しい？

なっ!?　そもそもなぜ私が手芸を好きだと知って……さてはラヴィがバラしたな!?　あっ、いや、えっと、私が手芸をしているのはあくまで精神鍛錬の一環だ。細かい作業をしていると集中力を鍛えられる。だから、決して、そう決して！　……可愛い衣装やヌイグルミを作るのが楽しいわけではないぞっ。

Lynette リネット

◆PROFILE

本が大好きな図書委員。幼いころから本ばかり読んでいたせいか、性格はシャイで大人しい。人一倍、魔女に強い憧れを抱いている。物語を妄想してしまうクセがあり、たまにストーリーが進みすぎて暴走してしまう。

◆キャラクター情報

出身国:マルルセイユ
年齢:15
血液型:O型
身長:154cm
3サイズ:B92/W59/H87
誕生日:4月23日
部活・委員会:図書委員会
趣味:読書、本屋巡り
好きなもの:古書、恋愛小説、魔女
嫌いなもの:本を粗末に扱う行為
家族構成:祖母、父、母
特技:作詞、妄想

LiGHTs

◆ファンのみんなへ自分のことをPRしてください！

こ、こんにちは、LiGHTsのリネットです！　えっと……わたし、本が大好きで！　そのせいで部屋にこもって読書ばかりで……でもある日、魔法中継でオルケストラを見てから魔女が大好きになりました！　魔女が好きな気持ちなら誰にも負けませんっ！　なので……どうか応援よろしくお願いします！

◆座右の銘とその理由は？

迷いますが、一つあげるとしたら『歌こそが、最高の魔法』ですね。この国の第一王女であるエリザ様がおっしゃった言葉です。エリザ様は、世界一とうたわれた魔女。わたしもエリザ様の歌からは、何度も勇気をもらいました。わたしは人前で歌うのは苦手ですが……いつかあんな風に歌ってみたくて、この言葉を選びました。

◆今いちばん夢中になっている物語は？

『ラキトゥウェル山荘魔法殺人』ですっ！　冒頭で登場人物の一人が殺されてしまうのですが、その描写がとてもリアルで……あっ、ミ、ミステリーばかり読んでるんじゃありませんよ!?　魔導書、絵本、実用書、小説……色んな本を読んでます。最近は恋愛小説を読むことも多くて……えへへ♡

KEYWORD

◆魔女とは？

魔獣に対抗できる『魔法』を使うことができる少女たちのこと。人々からあふれ出るプラスの感情を集め、魔力に変換したり、成長することができる。歌い、踊り、戦う存在。

そのため魔女たちは魔獣と戦うだけでなく、人々を楽しませるためにアイドル的なライブ（＝オルケストラ）、演劇、フェスティバル、模擬試合、部活大会などの様々なイベント活動を行っている。

魔女がアイドル活動、すなわち魔女活動をすることは『魔女は戦うためだけではなく、人々に寄り添う存在』ということをアピールするための広報活動の一環でもあり、人々を元気づけるための奉仕活動でもある。

◆魔獣とは？

人々の不安、恐怖、絶望などのマイナス感情が実体化した存在。エサであるマイナス感情を得るために人間を襲う。

◆来訪者（フォーリナー）とは？

この世界とは異なる世界からやってきた者のこと。

フォーリナーは時に個人で、時には複数で現れる。初代来訪者は２００年前に現れた一人の男性で、暁の魔女・フローラと共に魔獣と戦ったとされている。

スマホを持って現れた「先生」もその一人で、この世界に数十年ぶりに現れたフォーリナーである。

Lapis Re:LiGHTs
Witches album

魔女たちとスマホ

（えへへ……買えてよかった。
今週はsupernovaが載ってたせいか
これが最後の一冊で……。）

あっ、リネット。
それって今週号のCat Tail？

えっ、あっ、はい。

あはは、だからあんなに
ニヤニヤしてたんだね〜。

それ、毎週買ってるわよね。

Cat Tail は魔女雑誌だし、
魔女オタのリネットが上機嫌になるのも無理はないな。

うっ……すみません。
わたし、昔から本と魔女が大好きで……。

け、けど！　今週号はすごいんですよ!?
supernova のインタビューと写真が載ってます！

あの三人は有名だものね。実力もトップクラス。
しかもユエさんはあのエリザ様の弟子って話だし。

ま、学院のエースであるわたしには負けるけどね！

寝言は寝てから言え。悔しいが
supernovaと私たちの間にはかなりの差がある。

このフローラ女学院にはクラスごとの
ランキングがあるが、supernova の三人は
少数精鋭のエリートで構成された選抜クラス。

それに比べて、
私たちは学院の落ちこぼれを集めた特別クラス。

おまけに、ランキング最下位のクラスは
全員退学になるなんてウワサまであって……。

落ちこまないで？
ほら、今度LiGHTsのオルケストラがあるでしょ？

私たちはまだsupernovaには敵わないけど、
そこで結果を出せばランキングを上げられるかも。

ティアラの言う通りだ。オルケストラまで約２週間。
当日は他のユニットもいくつか出るが……。

他の方々に負けないようにしなくちゃいけませんね。
けど……わたしたちにできるんでしょうか？

それにオルケストラで結果を出しても、
ナイトパレードに出られるわけでは……。

だいじょーぶ！　わたしに考えがあるよ！
ほら、これ！

えっ、ラヴィ？　その手に持ってるのって……。

先生に借りたんだ！

なっ、まさか異世界の品物なのか？

うん♪　ほら、先生は異世界から召喚された来訪者（フォーリナー）！
だから役に立つ道具を持ってるんじゃないかと思って。

それでこの四角いヤツの名前は、マホッス！

さすが異世界の品物。
不可思議な名前だな。これも文化の違いか。

あ、間違った。正しくはスマホだった。

……前言撤回だ。
不可思議なのはバカウサの頭の中だったな。

えへへ、それほどでも～♪

ほめてなどいない！
まったく、そんなだからおまえは補習ばかりで──。

それより！　そのスマホって、もしかして……。

うん！　わたしたちが持ってるベリーパッドの
元になったアイテム！
これが二つあれば遠くの人とも話ができるとか。

他にも色んな機能があって……デンシ書籍って
言うんだったかな？
この箱の中にいっぱい本が入ってるとか……。

えぇええええええええっ!?　ほ、本当ですか!?
そんな小さい箱の中にどうやって……いえ！　それよりもっ！

お願いします！　異世界の本を読ませてください！
わたし、すごく興味が……！
本のためならなんでもしますので……！

ふふ～ん、いいよ？　その代わりわたしの作戦に
協力して？　ほら、先生が前に言ってたでしょ？

先生の世界にもわたしたち魔女に似た人たちがいるって！

たしか、アイドルって言うんだよね？

そうそう！　で、アイドルって日々の活動を記録してファンに見せたりするんだって！　ドキュメンタリー映像、だったかな？

なるほど。
つまり、ラヴィはそれがやりたいのね。

そーいうこと！　さっすがロゼちゃん！
委員長だけあって理解がちょー早い！

このスマホには写真を撮ったり、
映像を記録できる機能もあるんだって。

す、すごい！　私たちの記録を
みんなに見せることができれば……。

ファンが増えるかもしれんな。

そーいうこと！
きっと面白い記録が撮れるよ！

……大丈夫でしょうか？
わたしはみなさんほど個性的ではなくて……。

ほい、リっちゃん。
前払いとしてデンシ書籍を一冊読ませてあげる♪

わっ!?　すごい、これが異世界の本……
わぁあああああああああん生きててよかったです～！

号泣……リネットも十分個性的だと思うわ……。

あはは、それはみんなも一緒じゃないかな。
だからきっと、ステキなドキュメンタリーを作れるよ♪

KEYWORD

◆フローラ女学院

伝説的な魔女であるフローラが、魔女発祥の地であるウェールランドに創った世界初となる魔法学校。約２００年前に魔獣が急激に増加したことにより、魔女の育成が急務となったことから創られた。

創始者フローラの「自由な想いこそ魔法の黄金」という言葉を引き継ぎ、学生の自由な発想と独自性を尊んでいる。古い伝統を持つ名門でありながら、自由な校風であり新たなものの導入にも積極的。また、その門戸を広く開いており、生徒の約半数が各国からの留学生となっている。

自由な校風のためか、生徒・教師ともにやや変わった人物が多い。

◆ランキング制度

フローラ女学院ではオルケストラの集客数、魔獣の浄化成績、奉仕活動の結果などによってポイントが割り振られ、順位が決まる。

最下位になったクラスはあまりにもひどすぎると全員退学になる……というウワサがまことしやかにささやかれている。

そのため、落ちこぼれクラスであるLiGHTsの５人は危機感を募らせ、ドキュメンタリーの撮影を始めたが……。

Lapis Re:LiGHTs
Witches album

ティアラの秘密といつもの日常

やっぱり歌がちょー上手いんだと思うな～。

そこは姉妹で似ているというわけか。

きっと性格の方もステキに決まっています！
Ray のリーダーであるエリザ様の妹なんですから！

三人とも、何の話をしてるの？

あっ、ロゼちゃん！　ちょうどよかった、
ロゼちゃんに聞きたいことがあって。

何かしら？　魔女史の課題を仕上げてないとか？

…………。それはおいておいて！

さらっとスルーするな。

今は課題の話なんかしてる場合じゃないよ！
ロゼちゃんは貴族だし、実際に会ったことがあるかも！

？　誰に？

えっと、ティアラ様です。

えっ……。

ロゼッタも知っての通り、
このウェールランドの第二王女である
ティアラ様は幼いころから病弱というウワサだ。

そのせいかずっと国民に顔を見せてない。

だからこそどんな方なのか気になって……あれ？
どうしたんです？　顔色がよくないような？

……いえ、なんでもないの。
それより、私もティアラ様にお会いしたことはないの。

え～、残念～。

もしお体の調子がよくなったら、
一度でいいからお顔を拝見したいですね。

エリザ様の妹だし、きっと大人びた王女様なのだろうな。

でもでも、子供のころからずっと王宮の中にいるんだよ？
もしかしたら世間知らずちゃんかも。

逆にいいじゃないですか！　上品で、高貴で、だけど
世間知らずな王女様……魅力的なキャラ設定です！

設定って……そもそもティアは実在の人物で……。

ん？　今ロゼちゃん、ティアって呼んだ？

ふふっ、仕方ないだろう。
ロゼッタの幼なじみも同じ名前なんだし。

そういやそっか……あっ！　もしかしたら
ティアちゃんがティアラ様ってことはない!?

…………!?

ティアちゃんも昔病弱だったって聞いたよ？
それにお姉ちゃんもいるって。

たしかに共通点は多いな。
それにエリザ様と同じ髪飾りをつけて……。

あれはレプリカよ!?
あの髪飾りはエリザ様のトレードマーク！
Rayが一世を風靡したときコピー商品が出回ったの！

ティアもRayに憧れてこの学院に入ったし、
だから今も身に着けて……。

ぷっ……あはははっ！　もう、ロゼちゃんったら～。
そんなに焦って否定しないでよ～。

今のはラヴィの冗談に乗っただけだ。

ティアちゃんは名家のお嬢様らしいけど、
お嬢様っぽさゼロだもんね。

よく土いじりをして泥だらけになってるし、
ティアちゃんが王女ならわたしは今ごろ女王様だよ～！

それはさすがに言いすぎじゃ……。

（……いえ、否定しちゃダメよ。
もしかしたら不審に思われてティアの正体がバレるかも。）

こほん。ところでティアはどこにいるの？

あっ、えっと、
ティアラさんはさっきクジ引きで負けてしまって……。

クジ引き？

あれ？　ロゼも来てたんだ。
……えへへ、どう？　似合ってるかな？

!?　ティ、ティア！　その格好は……！

ふふ、これも昨日言ってたドキュメンタリーの一環だよ。
わたしたちの意外な日常を見せるってヤツ！
教室で水着って意外な組み合わせでしょ？

たしかに意外ですが、日常というよりは異常って感じが。

絵映えするシーンを撮ろうとする作為的な匂いが
ぷんぷんするな……。

気にしない気にしない！
ティアちゃんけっこースタイルいいから似合ってるし！
あっ、せっかくだからセクスィなポーズで撮影を――。

ダメよその水着はすごく似合ってるけどこれは許されない
法に触れるティアが脱ぐのなら代わりに私が脱ぐわっ!!!

ロ、ロゼ!?
ダメだよ、いきなり服を脱ごうとするのは……！

……ロゼッタさん、急にどうしたんです？

ティアラとティアラ様を混同したんじゃないか？
さっきまで話をしていたし。

えっ、みんな、ティアラ様の話をしてたの？

うん！　ロゼちゃんがティアちゃんは
ティアラ様と違って土いじりが似合うドロ娘で
あんたが王女なら私は女王様だって……。

それを言ったのはあなたでしょ――――!?

わっ、ちょ、
ラヴィに攻撃魔法を使おうとするのはやめようロゼー!?

というか、そもそもこんな水着どこから持ってきたんだ……？

でも、ある意味わたしたちらしいですね。
このにぎやかなムード……いつもの日常って感じです♪

～ティアラとロゼッタが寮の部屋に帰った後～

すみません謝ります申し訳ございませんティアラ様
さきほどは大変失礼を……！

あはは、あだ名で呼んでってば。
それに、昼間の件なら大丈夫。

むしろみんなが気兼ねなく接してくれて、
すごくうれしかったよ。
ロゼにも似合ってるってほめてもらえたしね♪

ティア……。

それにしても、秘密がバレなくてよかった。
もし私が王女だって知られたら、
みんなよそよそしくなっちゃうかもしれないし。

そうね。だからあなたは身分を隠してるわけだし。

あっ、でも先生には伝えたよ？

えっ、そうなの？　大丈夫だった？

もちろん。先生は私が王女だって知っても
いつも通りに接してくれる。

きっと私がそうしてもらいたいっていうのを
理解してくれたんだと思う。

ふふっ、さすが先生ね。
私たち生徒のことをちゃんと考えてくれてる。

うん！　だから今度のオルケストラをがんばろう？
いつも応援してくれる先生のためにも！

Lapis Re:LiGHTs

Witches album

ロゼッタの流儀と幼き思い出

それじゃ、勉強会を始めましょう。

ぶーぶー。なんで放課後まで魔女史の復習をするの？
早くレッスンに行こうよ。

たしかに今はオルケストラに
備えた方がいいのかもしれませんが。

他にも大きな懸念があるしね。

えっ、それって？

誰のためにこうやって勉強会をしていると思っている？
おまえが学科テストで毎回赤点を取るからだろうが。

ぐはっ!?　エースにだって弱点はあるのっ。
わたしは他の分野で結果を出してるもん。

たしかに、
ラヴィさんは歌もダンスもトップクラスです。

勉強の才能は最低クラスだがな。
少しはロゼッタを見習ったらどうだ？

ロゼは学科テストで毎回三位以内に入ってるもんね！
今日も私たちに勉強教えてくれるし。

大したことじゃないわ。
勉強は好きだから苦にならないし。

だが、バカウサに教えるのは大変じゃないか？

実家でもよく妹に勉強を教えていたから、
なんだか懐かしくて楽しいわ。

それってラヴィさんと妹さんが似てるってことですか？

──ふっ。こんなこともあろうかと、
ロゼちゃんがさみしくならないように
わたしはあえて赤点を取って勉強を教わって──。

ちなみに妹は今年でいくつ？

１０歳よ。

待って!?　なんでそれで懐かしいわけ!?
わたしもう１６歳なんですけど!?

頭脳と精神年齢は１０歳以下ということだろう？

いいえ、ラヴィとヘンリエッタが似てるわけじゃないの。

ロゼちゃん……！
まさかわたしのことをかばって……！

あの子は１０歳だけど、
すごくマジメでしっかりした子だもの。

それってわたしがバカでしっかりしてないってことー!?

あっ……こほん。違うの。
つまり、私は誰かに勉強を教えるって行為自体に
懐かしさを感じてるって話よ。

なんだそっかーよかった～！

おまえはバカすぎるぞ……。

昔からロゼは物知りだったよね。
病気で王……ううん、部屋から出られない私に
色々街のことを教えてくれたもん。

ふふっ、懐かしいわ。
私、昔から誰かの役に立ちたかったの。

私の家は貴族。だからこそ、高貴なる者に伴う義務（ノブレス・オブリージュ）に憧れていたのね。

（……まぁ、身分はティアの方がずっと高いのだけれど。）

ロゼッタさん、なんだか格好いいです。

後輩から人気があるのもうなずけるな。
中には『ロゼさま』なんて呼んでる生徒もいるし。

「なんで完璧なロゼさまが落ちこぼればっかりの
特別クラスに!?」って不思議がられてるよね。

もう、やめてみんな。
私は完璧でもなんでもなくて――。

GIAAAAAAAAAAAAAAAAAAAAA!

!?　今の声……まさか、魔獣ですか!?

また学院に侵入されたのかな？
前まではこんなこと中々なかったのに。
最近は魔獣の発生率が高すぎる気が……。

浄化に行きましょう。
近くに先生がいれば力を貸してくれるわ。

おっけー！　魔獣を浄化してポイントゲットだぜ！

ええ。じゃあ魔法で衣装を着替えて……あっ。

えっ、ロゼッタさん!?　その格好って……。

ち、違うのっ。衣装替えの魔法を使おうとしたら
うっかり間違って、バイト先の衣装を……。

もしかして、それって新しくできた喫茶店？
面白そうだから今度みんなで行こうよ！

えっ、でも、知り合いに来店されるのは、少し恥ずかしい気が……。

どこの店だ!?　スカートの布地のさりげない高級感、
シックかつキュートなデザイン、
見事な全体のバランス……只者ではない！

私もぜひ行ってみたい……いや！
それよりもスマホで撮影して……！

アシュレイまで食いつくのはやめて!?

ふふっ。うっかり魔法を間違えちゃうなんて、
たしかにロゼは完璧じゃないのかも。

けど、そこがロゼの可愛いところだと思うよ♪

うっ……それよりも、早く魔獣を浄化に行きましょうっ。

うん。その前に……パシャリっ♪

きゃっ……もう。いきなり撮るなんて、ティアったら。

～その日の夜　ティアラとロゼッタの部屋～

ちょっと早いけど、もう寝ようか。

ええ。魔獣と戦ったせいか少し疲れたし。

ロゼ、大活躍だったよね！　先生もほめてくれたよ。

それほどでもないわ。魔獣を浄化することが
今の私にできるノブレス・オブリージュだもの。

ティアも知っての通り、私の家はとある問題を
抱えてる。だから、もっと魔獣を――。

えへへ、ローゼっ♪

きゃっ、ティア？　どうしていきなり抱きついて……。

あんまり気負いすぎない方がいいと思うよ？
今のロゼだって、十分みんなの役に立ってる！
委員長としてクラスを引っ張ってくれてるし。

だから、私と二人きりのときはもう少し気を抜いて？

ティア……。

じゃないと子供のころのことをみんなに話しちゃうよ？
私に会いに行こうとしたロゼが王宮で迷子になって
半泣きになったこととか……。

なっ……もう、わかったわ。
まったく、そんな昔のことを憶えてるなんて……ふふっ。

当然でしょ？　ロゼは私の幼なじみで一番の親友だもん♪

Lapis Re:LiGHTs
Witches album

ラヴィ流ビラ配りと
キグルミルームメイト

よし、それじゃビラ配りを始めよっか！

ううっ、なんだか恥ずかしいです。ここは人が多くて……。

このダウヒッチストリートは
マームケステルで一番の大通りだもの。

がんばろ〜りっちゃん！
しっかりオルケストラの宣伝をしなくちゃ！

そ、そうですね。せっかく来訪者（フォーリナー）である先生が担任に
なってくれたんですし、がんばらなきゃ。

……ああ。

どうしたの？　浮かない顔してるけど。

だいじょーぶ！
昨日徹夜してたから疲れてるだけ！
今日のための衣装を作ってくれてたから！

――たとえば、コレとか♡

えっ、ラヴィさんの服が魔法で変わ……
えぇぇぇぇぇぇぇぇっ！？　その服は……。

バニーガール！　どう⁉
これならビラ配りで目立てるでしょ⁉

たしかに目立ってはいるけど……。

悪目立ちって感じが……。

でも、いい案だと思いますよ？
ラヴィさんなりにわたしたちのために
がんばろうとしてくれて……。

ちなみにみんなの分もあるから着てね♪

えぇぇぇぇぇぇぇぇぇぇぇぇぇぇぇぇっ!?

くっ、すまない、みんな……
バカウサの口車に乗ってしまって……。

新しい衣装を作れるのは楽しいって燃えてたくせに。

黙れ！　私にとって手芸や衣装作りは
精神鍛錬の一環だ！

だったらこれも鍛錬の一環だよ！
こういう衣装でビラを配れば人に見られることに慣れるでしょ？

～5分後～

というわけで！　レッツお着替え～！

どうして私がこんな格好を……。

ロゼちゃんの格好は女教師！　設定的には……。

年齢は２４歳。同僚の男性教師にあわい恋心を抱いているけど、
マジメな性格ゆえになかなか告白できない。

だが、そんなある日！　二人は学院の体育倉庫に
偶然閉じこめられる！　そこで同僚に押し倒されて……きゃっ♪

何が『きゃっ♪』よ!?
何なのそのバカみたいなストーリーは!?

たぶんリネットが読んでる小説を元にしたんじゃ。

ううっ、すみませんバカみたいなストーリーで……。

あっ、別にけなしたかったわけじゃないの。
ところで、リネットの衣装は……。

えっと、チア部の新しい衣装だそうです。

先生の世界にもチアがあるらしいんだけど、
この服を着てやるんだって！

ちょーかわいいから、うちのチア部の衣装に採用したんだ～♪

りっちゃんはビラを配らなくてもいいよ？
その代わりこのポンポンでわたしたちを応援して！

む、無理ですぅ！　チアダンスなんて……。

ならわたしが見本を！
せっかくだし、スマホで撮って!?
フレフレりっちゃん！　がんばれがんばれりっちゃん！

わぁ、さすがチア部のエース。

ティアちゃんのメイド衣装もちょー似合ってるよ！
もはやメイドをやるために生まれてきたと言っても過言じゃないぜ！

て、訂正して！
ティアにそんなセリフを言うのは色々問題が……！

わぁあああああストップロゼ!?
それよりも……アシュレイ？　その衣装は……。

これは、教官がビラ配りをするときは
こういうキグルミを着るのがいいと……。

あはは、ウサちゃんだ。わたしとお揃い♡

黙れー!? 私にウサギは似合わない！
おまえみたいに名前がラヴィなわけでもないし……。

ほえ？ それってわたしの名前がラビットから
つけたと思ってる？

？ 違うの？

えっと、ここだけの話、『ラヴィ』っていうのはマルルセイユ語で
『人生』って意味で……あっ！ アシュレイ！ なんで笑うの!?

い、いや、すまん……ただ、人生か……
おまえらしくない壮大で重厚な名前だと思って……
あはははは。

……死んだおばあちゃんがつけてくれた名前なのにな。
一度きりの人生をちゃんと楽しめるようにって。

なっ!? ……すまん。
私としたことが無神経なセリフを……。

あれ？ ラヴィさん、この前おばあさんから
マルルセイユのお菓子を送ってもらったって——。

ちぇっ。

今の舌打ちはなんだー!?
さてはまた私をからかったな!?

緊張をほぐしてあげただけだも～ん♪
さあ、ガンガンビラを配っちゃおう！
フレフレ、アシュレイ！ ファイトファイト、みんな！

えへへ、ちょー大成功！　いっぱい配れたね！

アシュレイさん、大人気でしたね……。

ものすごい数の子供がむらがっていたもの。

……ふふっ。由緒正しい騎士の血を引く私が
こんな被り物を着るとは……まるで道化だな……。

け、けど、結果的に目立ってたと思うよっ!?

うんうん！
アシュレイ、ちょー可愛かったもん。

なっ……だから、私をからかうのは……。

からかってないよ！
今日のみんなはちょー可愛かった！
これならきっと、公演当日もたくさん人が来てくれるよ。

ラヴィさん……。

なんだ、ちゃんと公演のことも考えてたのね。

…………。ああ、そうだな。それに……。
ラヴィも、その衣装がすごく似合っていて――。

あっ、もちろんキグルミ姿のアシュレイも撮ったよ？
あとで先生に見せてあげよ～♡

やめろー!?　また私をからかう気か!?

えへへ、いいじゃんこれくらい。
一度きりの人生だもん、何事も楽しまなくちゃ♪

Lapis Re:LiGHTs

Witches album

アシュレイ就寝中
ドッキリ進行中

ひぃ、ひぃ……。

大丈夫、リネット？

辛いならペースを落とした方が。

はぁ、はぁ……だ、大丈夫です。
持久走は苦手ですが、公演に向けてがんばらないと……。

よっしゃその意気だよ～！
この調子でナイトパレードまで一直線っ！

簡単に言うな。ナイトパレードは
この国で一番の魔法学校を決める魔女の祭典。

出場するにはこの学院の代表選手にならないと。
それにはたくさんポイントを取ってランキングで
トップにならなくちゃ。

はぁ、はぁ……
supernova にも勝たなくちゃ……きゃっ!?

おっと。

わっ、ナイスキャッチ！

……ほっ。よかった。もう少しで転んでたわ。

ありがとうございます、アシュレイさん。

礼などいらないさ。これくらい当然のことだ。

あはは、アシュレイったらナイト気取りだ～。

気取りも何も、私の家は代々騎士の家系だ。父や兄たちも皆、
立派な騎士。私も幼いころから騎士になるための鍛錬を積んできた。

この学院で魔女をやっているのだって、
立派な騎士になるための鍛錬の一環に過ぎない。

たしかにアシュレイはすごく強いよね。
魔獣との戦いや試合でも頼りになるし。

ま、運動神経じゃわたしに負けるけどね。

——ほう。面白い、試してみるか？

いいよ！　その方が都合がいいし！

……都合？

あっ、それはこっちの話！
それより競走だよ！　あの夕日に向かってダッシュ～！

あっ、待て……くっ、負けるかー！

あの二人、相変わらず仲がいいわね。

うん。けど、都合ってなんだろう……？

……おはよ～ございま～す。

ねえ、ラヴィ？　本当にやるの？

寝起きドッキリ……だったかしら？
先生の話だとアイドルはこういうこともするらしいけど。

アシュレイさんがターゲットなんて……。

ちょー面白そうでしょ♪　何気ない日常にこそ
ファンの見たいものが詰まってるんだよ。

アシュレイは疲れがたまってるからまだ寝てるはず。
さっき部屋を抜け出したときもぐーすかしてたもん。

まさかこのために昨日競走を……？

アシュレイなら乗ってくると思ったんだ♪

ルームメイトのことはよくわかってるってことね。

そ～いうこと。じゃ、潜入開始！

～女子寮　ラヴィとアシュレイの部屋～

みんな、ここからは小声でしゃべってね？

わかった。
でも今思えばラヴィたちの部屋に入るのって初めてかも。

あー、それはアシュレイが
部屋に入れないようにしてたからだよ。その理由はコレ。

理由って……ただの机よね？　ヌイグルミが飾られてるけど。

可愛いウサギだね。ラヴィの？

ううん、その机はアシュレイの。

えっ……。

……待ってください。よく見たら飾られてるのは一体だ
けじゃありませんし、机の上には作りかけの子まで……。

ぜ～んぶアシュレイのお手製！　みんなも知っての通り
アシュレイはLiGHTsの衣装担当で手芸が大好き！

手芸は精神鍛錬の一環だって言ってたわよ？
細かい作業をしてると我慢強くなるとか。

それは建前だよ？　アシュレイは騎士志望だし、
手芸が趣味なんて似合わないって思ってるんだよ。

アシュレイさんらしいですね。けど……そのギャップ、いいと
思います……普段は格好よくて凛々しいボーイッシュな女の子。

けれど、実は少女趣味を持っている……そう！
ベタですが王道的なギャップ！　これは流行ります～！

シーっ、リっちゃん静かにっ。

はっ。す、すみません、つい。

大丈夫。アシュレイはまだ起きてないみたいだよ？

寝息も聞こえるし、熟睡してるみたい。

ちなみに、今はクリスタと寝てるよ。

えぇぇえぇえぇえぇえぇえぇえぇえっ。
誰とっ、誰と寝てるって……っ。

だからクリスタ。
昨日はエレーナ、一昨日はミカエラと寝てたよ？

そ、そんな、ラヴィさんは何とも思わないですかっ。
ラヴィ×アシュ的にそれは一大事で……！

落ちついて。
リネットが想像してるようなことはないと思うから。

なんとなく、オチは読めたよ。
アシュレイが一緒に寝てるのは、きっと……。

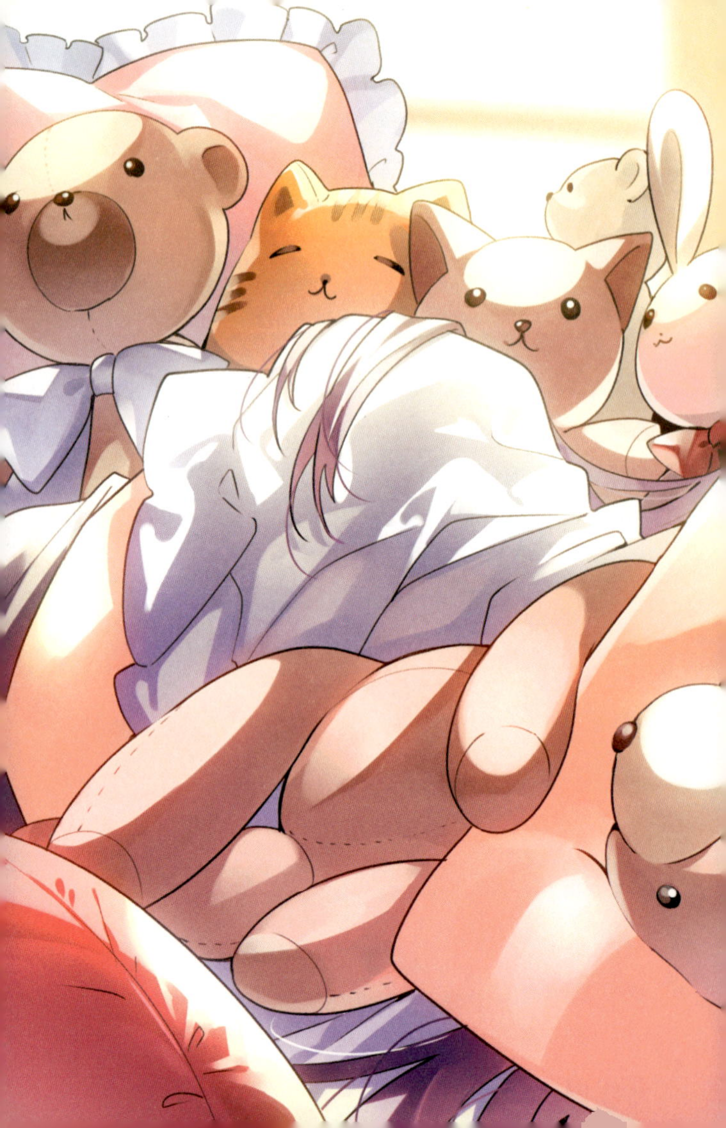

紹介するよ。アシュレイが抱いてるのがクリスタ♪

やっぱりヌイグルミだったのね。

そんな……オチまでベタな展開だったなんて……。

んっ……うっ……。

!?　大変、目を覚ましそう。

だいじょーぶ、面白い写真はもう十分撮れたもん。
起きたら『テッテレー♪　ドッキリ大成功！』って
先生に教えてもらったセリフを……どわっ!?

あっ、アシュレイがラヴィをベッドに引きこんで……。

きゃあああああああああまさかのアシュ×ラヴィ炸裂です
わたし的には逆カプですがこれはこれで～♡

お、落ちつこりっちゃん？
アシュレイはわたしをクリスタと間違えて……。

んっ……ラヴィ……。

えっ……アシュレイ……？

おまえは毎回補習ばかりで……本当に仕方がない……罰として……
ガートランド流腕ひしぎ十字固めをお見舞いしてやる……。

どんな夢見てんのいたたただだだだだ!?
腕が！　腕が折れるぅ！　テッテレー！
アシュレイ起きてぇテッテレぇぇぇぇぇぇぇぇぇぇっ!?

……ねぇ、ティア？　この展開、どうしましょう？

……あはは。一応、撮っておこうか。
こういう何気ない日常にこそ、需要があるらしいし。

Lapis Re:LiGHTs

Witches album

リネットの夢と妄想の海

おはようございます、みなさん。
すみません今日は付き合ってもらって。

気にしないで？　作詞の参考になる本が欲しいんでしょ？

はい。新曲の歌詞がどうもしっくりこなくて。
今は仮歌をはめこんでいますが……。

ダンスの方はもう練習してるし、
完成させて今度のオルケストラで披露したいものね。

いい歌詞になるように手伝うよ♪

古書市に行くのは初めてだから楽しみだしね！
ロランパークでやってるんでしょ？

ええ。色々な業者が古書を持ち寄って……あら？
大丈夫、リネット？　なんだか目が赤いような。

あっ、気にしないでください。
昨晩ちょっぴり泣いちゃって。実は先生に——。

告白されたとか⁉

落ちつけ。リネットと教官の間に何かあったわけでは——。

そうですね。そういうことがあったわけでは……
ぐすっ、ひぐっ……け、決して……っ。

なんだその何かあった感じ全開のリアクションは⁉

あっ、いえ、誤魔化してるわけではなくて。昨日先生から
異世界の童話を教えてもらって。人魚姫ってお話なんですが。

それがとてもロマンチックで、せつないお話で……ぐすっ。

ふふっ、リネットは本当に本が好きだね。

わたしのおばあちゃんは有名な魔導司書で、
ビブリオマニアなんです。

おかげでわたしも子供のころからおばあちゃんの書斎で本を読んでいて……。

（ただ、そのせいで性格が内気に……ううん、落ちこんでちゃダメだ。せっかく勇気を出してこの学院に来たんだから。）

それじゃ、行きましょうか。古書市に着いたら、
みなさんで手分けして面白そうな本を探してもらえればと。

ふふ〜ん、そういうことならラヴィちゃんに任せなさい！

〜街の公園　ロランパーク〜

わ〜ん、魔導書にかまれた〜！　助けてアシュレイ〜！

落ちつけバカウサ。かまれたと言っても甘噛み程度だろう？

むぅ、冷たいなぁ〜。ところで、アシュレイは何か
本を見つけたの……わっ！　何その本!?

『きみにもできる！　テディドラゴンの作り方』？

勝手に見るなっ。

ふふっ、アシュレイは相変わらずヌイグルミが好きね。

ぐっ……ロゼッタはどんな本を持ってきたんだ？

えっと『節約魔法レシピ１００選』、『金運上昇マジックアイテム』、『合法宝石錬金術』……。

……ロゼッタ。苦労してるんだな。

今度ゴハンおごってあげるね？

二人とも悲しそうな目をするのはやめて!?
私はただ節約したいだけよ。

えへへ、ロゼは偉いね。
私ももっと実用的な本にすればよかったかも。

ティアちゃんはどんな本を見つけてきたの？
魔法植物の図鑑とか？

ああ、それも面白そうだったんだけど、
今回はこれにしてみたんだ。タイトルは『別世界の夜空』。

先生よりもずっと前にこの世界に召喚された来訪者（フォーリナー）さんが書いた本なんだって。

へえ。異世界の星のことが色々載ってて面白そう。

ところで、りっちゃんは？
ティアちゃんと一緒に本を探したよね？

ああ、リネットなら……。

み、みなさん、成果はどうです？

わっ、りっちゃん!?

両手いっぱいに本を……いったい何冊買ったんだ？

わかりません……面白そうな本がたくさんあって……。

この本なんか来訪者（フォーリナー）の方が大昔に書いた本で、
異世界の童話がいくつも載っていて。

先生が教えてくれた人魚姫も……えへへ♡

（ああ、文章も挿絵もすごく素敵。
読んでるとまるで人魚姫になったみたいな気分になる。）

（王子様に恋をした人魚姫は、声を犠牲にして人間になる。）

（大好きな王子様に想いを伝えるために。
すごい……わたしもいつかそんな恋を……。）

おーい、りっちゃーん？

ダメだ。聞こえていない。
完全に妄想の世界に旅立っているようだな。

人魚姫みたいに海の中を泳いでいるのかも。

何にせよ。面白そうな本を見つけられたみたいで
よかったわ。私たちはあまり役に立てなかったけど……。

仕事はあるさ。
リネットが買った本を何冊か持ってやろう。

え～、荷物持ち～？

それで力になれるなら構わないよ。
リネットはいつもステキな歌詞を書いてくれる……。

私たちや観客のみんなを
物語の海の中に連れて行ってくれるんだもん♪

ふむふむ、なるほど。
人魚姫は泡になって消えちゃうのか。

珍しいな、おまえが読書とは。

む～、わたしだって本くらい読むもん。
みんなも昼間買った本を読んでるし。

ふふっ、たまにはみんなで集まって読書も楽しいよね♪

ぐすっ、ひぐっ、はい、そうですね……。

りっちゃん!?
うれし泣きするほど楽しかったの？

そんなわけあるか。リネットは本を買いすぎて……。

実家からの仕送りをほぼ使い切ってしまって～！
自分の金銭感覚のなさが情けないです～！

大丈夫よ。『節約魔法レシピ１００選』を貸してあげる。

テディドラゴンを作ってやろうか？
抱いていると心が癒される……らしいぞ？

作詞の方も手伝うよ！

みなさん……わああああんありがとうございます～！

むぅ、だったらわたしも何かいいことを……そうだ！
ちょっと上手いこと言って場を和ませるよ♪

りっちゃんのお財布の中身は人魚姫のように泡となって
消えてしまいました……そう！

これがほんとのあぶく銭っ！

……言っておくが全然上手いこと言えてないし、
そもそも言葉の意味も間違っているからな？

Lapis Re:LiGHTs

Witches album

準備運動は欠かしません

きゃっ。

あっ、ごめんなさい。強くしすぎたかしら？

ううん、大丈夫。
だから……もっと強くして？　その方が気持ちいいから。

えっ、でも、いいの？

うん。それに……えへへ。
ロゼとこういうことができるのはすっごく楽しいから♪

ティア……わかったわ。それじゃ、行くわね。

相変わらず二人は仲が良いな。

む～、わたしとアシュレイも負けてられない！
というわけで、がんばってみよっか！

あっ、コラ！　そんな力任せに背中を押すなっ。

え～、アシュレイは身も心もカタいな～。
ちゃんとストレッチしないとケガするよ？

そう思っているならふざけるのはやめろ。リネットを
見習え。さっきから黙々と一人でストレッチしているぞ。

（「む～、わたしとアシュレイも負けてられない！
というわけで、がんばってみよっか！」
「あっ、コラ！　そんな力任せに……きゃっ」）

（「あれ？　ここが弱いのかな？」
ラヴィが背中をツーッとひとなでてすると、
アシュレイが子猫のように可愛らしい声を上げた。）

（「あん……そ、そこはダメだ……」
「ふふっ、アシュレイって相変わらず敏感だよね～。
けど、そういうところが……大好きだよ？」）

（悪戯っぽく微笑みながらそう言った後、ラヴィは
アシュレイの細い体を背後からぎゅっと抱きしめて……。）

……なあ、リネット？　どうした？
言いにくいのだが、口元からよだれが……。

ふひゃあっ!?
す、すみませんごめんなさいアシュレイさん！

？　なんでそんなに必死に謝るの？

（うっ……言えない。最近こっそり書いてる
小説のネタを妄想してたなんて……。）

（落ちつけわたし、別のことを考えろ……
今はラヴィ×アシュじゃなくてティア×ロゼを……。）

……って、そっちもマズいです一!?

えっと、リネット？　大丈夫？

えっ、あっ、はい！
ちゃんとストレッチしましょう！

そーいうこと！　オルケストラまであと１週間だし！

ふん。ラヴィにしてはいい心がけじゃないか。

わたし運動大好きだもん！　勉強はちょっと嫌いだけど。

ちょっと？

すごくの間違いじゃ……。

わはは！　何はともあれストレッチを……
あっ、そうだ。先生に教わった
体操があるんだけど、やってみる？

なんでも先生の世界の本に載ってたヤツらしくて――。

ぜひやりましょう！

やけに乗り気だね。

異世界の本に書かれたってところが
ツボだったんじゃないかしら？

ん～、でもこの体操はリっちゃんには
あんまり必要ないかも。
というわけでアシュレイがやってみて♪

まずは両手を頭の後ろで組んで、
息を吸いながら両ひじを開く。

その後で今度は息を吐きながら、
ゆっくり両ひじを閉じるんだって。

んっ……ふっ……こう、か？

へえ～、これが異世界の体操。
ところで、ラヴィ？　これってどんな効果があるの？

おっぱいがおっきくなる！

このバカウサー!?
なんて恥ずかしいことをさせるんだ!?

でも……わたしだって恥ずかしかったんだよ？
先生に『胸が小さくて悩んでるんです』って聞いて……。

たしかにその質問は恥ずかしいけど、
ラヴィの胸は小さくないような……。

いや、正確には『胸が小さくて悩んでるんです、
アシュレイが』って聞いたけど。

それって恥ずかしいのはアシュレイさんでは……あれ？
アシュレイさん？　なぜラヴィさんの背中を……。

ああ、ちょっとストレッチをしてやろうと思ってな。

ああああああああああああああ痛い痛い痛い!?
押しすぎ押しすぎ！　どうしてこんなことするの！

自分の胸に聞いてみろ。

もう、二人ともいい加減にしなさい。
ほら、リネットも何か言って——。

（「……なあ、ラヴィ。おまえも……
胸が大きい方が好きだったりするのか？」
アシュレイは頬を薄(うっす)らと紅潮させながら訊ねて……。）

……リネット？

あっ、ダンスですよね!?　がんばります！
なんというか、わたしの胸はすでに躍ってますから！

どういうこと!?

ふふっ、何はともあれ。公演に向けてがんばろう？
レッスンの様子もスマホで撮って……そうだ！
こんな魔法を使うのはどうかな？

わっ……花びらがたくさん舞って……綺麗ね。

でしょ？　これなら踊りながら使えるし、
観客のみんなも心を躍らせてくれるよ♪

んっ、ふっ……
たしかこんな感じで息を吐きながら……。

えっと……ロゼ？　何してるの？

えっ、ティア!?
園芸部の部室に行ったんじゃ……。

忘れ物をしたから取りに来たんだ。
それより、今のって昼間アシュレイがやってた——。

ダメ、言わないでっ。
それと……このことはみんなに秘密にしてくれる？

ふふっ、わかった。
けど、ロゼはそんな体操しなくても十分可愛いよ？
恥ずかしそうにしてるところとか特に。

なっ…………もう、ティアのバカ。

あはは、ごめんごめん、すねないで？
でも、そういうところも可愛いと思うな♪

うっ……恥ずかしいこと言わないで……。

（けど……ふふっ。すごくうれしい。
ティアに可愛いって言ってもらえるのは……。）

あっ、忘れ物をしたんだった。魔法植物にあげる肥料。
せっかくだからロゼも見に来る？

すごいんだよ？　新しく来た子なんだけど、
フィレンツァ原産で牙が上下合わせて３２本もあって
とっても可愛いんだ♡

（……うん。今の発言は忘れるのよ、ロゼッタ。可愛いって言われたことがとてつもなく不安になってくるから……。）

Lapis Re:LiGHTs

Witches album

クラスメイト以上
オタ友未満

う〜ん、どうしよう……。

（新曲のテーマが決まらない。
せっかく気分転換にお風呂にきたのに。）

（いっそ今度のオルケストラは
仮歌のままで披露する？　ううん、ダメだ。
そんな中途半端なことするなんて……。）

あれ？　リネットじゃん。

あっ、ラトゥーラさん。

こんな時間に会うなんて、マジ奇遇だし。
他の LiGHTs のメンバーは？

部屋にいると思います。
わたしはちょっと考え事がしたくて……。

（……どうしよう。
ラトゥーラさんは同じ特別クラスのメンバーだけど、
あんまりしゃべったことない。）

（見た目がギャルっぽくて、少し怖いというか……。）

ねぇ、リネット？　見て見て。

えっ……わぁ！
きれいなシャボン玉がたくさん……魔法ですか？

まぁね。なんだか悩んでるぽかったから、
元気づけてあげよって思って。

それに……ほら！
アンタも Ray が好きってウワサを聞いて……。

えっ、『も』って……もしかして、ラトゥーラさんも？

あっ、違うしっ!?
ウチは魔女オタなワケじゃないから！

そうですよね……あはは、ごめんなさい。

べ、別に謝る必要なんかないし。
それより、何か悩んでるなら相談に乗るよ？

ラトゥーラさん……。

（わたし、誤解してたのかも。
ラトゥーラさんって、すごくいい人で……。）

（ヤバい！　マジヤバい！　まさかこんなチャンスが訪れるなんて！
この機会にリネットと仲良くなれるかも。）

（そうすればウチのヒミツを話して……えへへ♪）

あの、ラトゥーラさん？　どうかしたんですか？
顔がニヤけているような。

あっ……大したことじゃないしっ。
それより、ほら。話してみてよ？

うっ……実は、
新曲のテーマで悩んでいてスランプ気味で。

あー、あるある。スランプならウチもメッチャあるし。
衣装のデザインが浮かばないときとか。

でも、そういうのって何かきっかけがあれば
意外と上手くいくっていうか、
天からイメージが降ってくる気がするし。

きっかけ……ですか？

誰かとの会話の中でヒントが見つかったりするし。
あとはモチベを上げる方法を見つけるとか。

なるほど。
ちなみにシュガーポケッツは何かしているんですか？

えへへ、ウチらはオルケストラが終わった後で
よくピクニックやキャンプに行くよ。
シャンペがそういうのマジ好きだから。

へえ……あれ？
でも、メアちゃんって引きこもりなんじゃ……。

だから引きこもりの治療もかねてってワケ。
まあ、メアはキャンプに行ってもテントの
中にいることが多いけど……。

それでも一緒にバーベキューをしたり、
天体観測をすると、笑顔になってくれる。

いつもと違う場所でゴハンを食べたり眠ったりすると、
トクベツな気分になれてメッチャ楽しいし♪

なるほど……面白そうですね。
色々とインスピレーションも得られそうです。

ありがとうございます、ラトゥーラさん。
わたしも色々試してみようと思いますっ！

（相談できてよかった。
気分が軽くなった気がする。）

（それに、なんだかとってもいい気持ちで……。）

えへへ、役に立てたなら何よりだし。
それと……ねぇ、リネット？

はい……。

実はウチ……アンタに言いたいことがあって。
さっきは否定したけど……実はウチも Ray が大好きで、
ちょっぴりオタクっぽいところがあるっていうか。

はい……。

でもさ？　ウチってギャルじゃん？
周りにそういう話をできるオタ友いないじゃん？

それで、できれば……
リネットにウチのオタ友になって欲しくて……。

はい……。

ふぇえええええっ!?　マジで!?　うなずいたってことは
オタ友に……あれ？

リネット？
顔が赤いけど……もしかして、のぼせた？

いえ、らいひょうふです……
歌詞のあいでぃあが天から降ってきました……。

今まさに、天使のお歌が聞こえてぶくぶくぶく……。

しっかりしてリネットー!?
それじゃむしろ天に昇ってるしー!?

あっ、起きた！

あれ、ラヴィさん？　わたし、たしかお風呂で……。

大丈夫？　お風呂でのぼせたんだよ？
ラトゥーラが談話室まで運んできてくれたの。

まったく。無事でよかったし。

そっか……だんだん思い出してきました。
わたし、ラトゥーラさんと話をしていて……あれ？
何かお風呂で重要なお話をしていたような……。

ちょっとアドバイスしてあげただけだし!?
リネットが作詞で悩んでるみたいだったから！

？　どうした？　そんなに焦って——。

クラスメイトがのぼせたんだから焦るのは当然だしっ！

ラトゥーラさん……ありがとうございます。

うっ……大したことじゃないし。ウチはただ……。

ただ？

あぅ……そろそろ部屋に帰るし！　バイバイ、みんな！

あっ、行っちゃった。何か用があったのかな？

体調が万全になったら、改めてお礼に行けば？

そうですね。
けど、不思議です。理由はわかりませんが……。

ラトゥーラさんとは
すごく仲良くなれる気がしてきました。

第8話

Lapis Re:LiGHTs

Witches album

身体測定にご注意を？

おっ、ロゼちゃん。
かわいいパンツ穿いてるね～。

ええ、この前ティアと一緒にお店に行ったときに選んでもら……って、ラヴィ!?
スカートをめくらないでっ。

というか、なぜわたしたちだけで身体測定を？

提案したのはアシュレイだったよね。

私たちは成長期だし、体のサイズも日々変わる。
LiGHTs の衣装担当として、
みんなの体に合った服を作りたいんだ。

Ray のユズリハ様は見ただけで女子のスリーサイズを
計る魔法をマスターしていたらしいが、
私はまだその域には……。

……たぶん、ユズリハ様は衣装選びのために
その魔法を会得したわけではないと思います。

それはそうと、正確な数値が欲しいのよね。
だったら服を脱いだ方がいいのかしら？

いや、その必要はない。私も脱ぎたいわけではないし。

アシュレイは洗濯ミスっちゃったもんね。
今日はかわいークマが描いてある子供っぽいヤツしか
穿けなくて――。

そんなことをバラすなっ!?
というかなぜ知っている!?

ルームメイトの特権だも～ん。

アシュレイって可愛いものが大好きだもんね。

そうですね！　アシュレイさんの場合、手芸部という
ことですさまじく手の込んだ自作のオシャレな下着か、
もしくは騎士家系出身という設定を活かして、

少々ベタですがあえて可愛いらしいデザインの物を
身に着けるかの二択だと思います！
その方がストーリーも盛り上がって……！

盛り上がってるのはりっちゃんのお胸じゃない？
もしかしてまたおっきくなった？

きゃっ!?　ラ、ラヴィさん、
触るのはやめてくださいっ。

こほん。それより、早く計ってしまいましょう。

そうだね。
この教室にいるのは私たちだけ。
でも、もし誰か……たとえば先生とかが来たら……。

えっ、この近くで見かけたの!?

ううん、そういうわけじゃないけど。たとえばの話。

あはは……な～んだ、よかった。ちょっぴり焦って……。

ちょっぴりどころかすごく焦ってなかった？

そんなことないよ!?
それよりじゃんじゃん計って！
ラヴィちゃんの完璧なナイスバデーを～！

ナイスかどうかはともかく、始めるか。
本日の測定にはコイツを使う。

？　見たことないメジャーだね。

ああ、メアからいくつか借りてきたの。
魔法がかけられていて、自動で計ってくれるとか。

だ、大丈夫でしょうか？
メアちゃんは天才的な発明家ですが失敗も多くて……。

心配ないだろう。
何個か作ったが、その中でも出来のいい物らしい。

ええ。その証拠に『完成品(* ＞ω＜) b』って
書いてあって……あら？

？　どうしたの、ロゼ？

……ごめんなさい。私、間違えたみたい。
今確認したら『失敗作(; ･`ω･´)』って……きゃっ!?

わっ、ロゼ!?

メジャーがヘビのようにからまって……!?

うっ……動けない。ティア、ほどいてくれる？

うん、わかった……あっ！
ロゼから離れてそっちに……！

きゃあっ!?

しまった！　ラヴィが餌食に……！

そ、そんな、こんなお約束かつ王道なラブコメ小説展開
が身近で起きるなんて……感動ですっ！
この光景をスマホに納めなくてはー！

感動するポイントがおかしくないか⁉

動かないでラヴィ！　今ほどくから……！

う、うん……あれ？
なんだか、廊下の方から声が聞こえるような……えっ⁉

この声は……先生？　もしこの現場を見られたら……！

激しく誤解されています！
ラヴィさんがみなさんの前で
特殊なプレイをしているのではないかとー！

えっと、特殊なのはリネットの頭の中じゃないかな？

何はともあれ早くほどいて……あっ！

きゃっ⁉
別のメジャーがわたしの体に巻き付いて……。

た、大変だっ！

なっ、どうしたラヴィ？
そんな真剣な顔で……。

巻きついたメジャーの数値を見てわかったんだけど
りっちゃんのお胸がまたおっきくなってる！

あの、ラヴィさん？　そこは重要では……。

さ、さすがだリネット！　これでおまえの服を作り直せる……
ふふふふふ腕が鳴る！　これは腕が鳴るぞー！

むしろ頭の中でこの状況に
対する警報を鳴らしてください～⁉

ううっ、大変な目にあいました……。

結局先生に見つからなくてよかったね。

ま、もし見つかってもわたしが忘却の魔法で先生の記憶を飛ばしたけどね！　そう、たしか呪文は……はっ!?

お、思い出せない……
まさか誰かがわたしに忘却の魔法を……！

知能を計れるメジャーがあればよかったのにな。
記録的にダメな数値が見れたのに。

にゃにおー!?

あはは。何はともあれ、みんな計れてよか……あれ？
この声……音楽室からかな？

歌ってるのは、supernova のユエさんかしら。

わぁ、きれいな歌声……それに楽器の音も聞こえます。

音楽室の楽器の中にはさっきのメジャーと同じで
魔法仕掛けの物もある。

楽器の機嫌がいいと、曲を弾いてくれるらしいわ。

……すごく綺麗な歌声。
こうやって聞いてると、心の中に花が咲く感じがする。
supernova のイメージカラーと同じ、青い花が……。

うわっ、出た！　ティアちゃんの恥ずかしいセリフ！

あっ……あはは、つい。でも……。

（私も、いつか歌ってみたい。ユエさんみたいなステキな歌を。
そのためには、もっとがんばらなくちゃ……。）

Lapis Re:LiGHTs

Witches album

思い出は記憶の中に

（はぁ、はぁ……今のところ、
もう少し腕を上げた方がいいかな？
それかもっとステップを……。）

こんな時間に熱心ね。

!?　ロゼ？　どうしたの？

それはこっちのセリフよ。驚いたわ。
夜中に中庭で自主練してるなんて。

あはは……なんだか眠れなくて。
それより、よく私がここにいるってわかったね。

実はさっき先生が教えてくれたの。

偶然ティアのことを見かけたみたいで、心配してたわ。

そっか……あとでお礼を言わないと。

先生はいつも私たちを導いてくれるものね。

うん！　まるで、北極星みたいに♪

北極星？

先生の世界にある星の一つ。
夜空でほとんど動かない星で、他の星々も北極星を中心に回る。

だから旅人が方角を知るための目印にしてたんだって。
『別世界の夜空』にそう書かれてたんだ。

なるほど。その星はみんなの道標なのね。

……できることなら、私もその星みたいになりたいんだ。
お姉ちゃんや先生みたいに、誰かを導いてあげたい。

そんな魔女になりたいんだ。
けど……私はお姉ちゃんに認められてない。

だから、ユエさんみたいに
お姉ちゃんの弟子になれなくて……。

シュンとしないで、ティア？
それに、憶えてない？　私たちが子供のころに……。

～5年ほど前　王宮の中庭～

けほっ、こほっ……。

大丈夫、ティア？

うん、平気。今日はいつもより調子がいいから、
中庭に出るくらいできるよ。

いつまでもベッドで寝こんでなんていられない。
魔女になるには、病気を治して体力をつけなくちゃ。

魔女……そう言えば、最近エリザ様が……。

フローラ女学院に入ったの！
あそこは全寮制だから会えないのはさびしいけど、
たくさん手紙が届くんだ！

お姉ちゃん、いつも私のことをはげましてくれる。
私が寝こんでるとき、
よく歌を口ずさんでくれるのと同じように。

そうね。きっとエリザ様はティアみたいに元気が必要な
誰かを助けたくて、魔女になったんだと思うわ。

うん！　だから私もいつか魔女になりたいんだ！
お姉ちゃんみたいな魔女に……そう！
みんなの心に希望の花を咲かせてあげる人に♪

〜現在　フローラ女学院の中庭〜

……あはは。恥ずかしいね。
私、あのころから夢見がちなセリフ……。

だけど、私はティアの言葉から元気をもらえたわ。
魔女になることを夢見るあなたはとても輝いていた。

ティアはよく言っていたでしょ？
魔女の歌はみんなに希望を与えるって。

……うん。病気で寝こんでたころ、
私はお姉ちゃんの歌を聞いて元気をもらったから。

だからこそティアは夢を持った。
エリザ様みたいな魔女になるって夢を。

そして、エリザ様も夢を見ていたと思うわ。
自分の歌で、あなたを……世界中のみんなを
元気にしたいって。

その夢を実現させるため努力した。
その姿に多くの人が影響されたわ。
自分もがんばろうって……活力を得た。

だからきっと、まずは自分が夢を見なくちゃ
誰かに夢を見せてあげることなんてできないと思うの。

ロゼ……。

えへへ、ありがとう！
ロゼのおかげでなんだか元気が出た。

誰かに夢を見せるには自分が夢を見なくちゃいけない。
それって、とってもステキな言葉だよ！

うっ……あらためて言われると
それこそ夢見がちなセリフな気がするわね……。
ティアのクセが伝染(うつ)ったのかも。

あっ、ひどい。私だっていつも
恥ずかしいことばっかり言ってるわけじゃないよ？

いいえ。感染源はティアね。
子供のころから友だちだし、私は末期症状かも。

もぅ、ロゼったら♪
けど、そうだね。私が病気で元気がないときも、
ロゼは今みたいにはげましてくれた……。

あのときの私が元気をもらったのは
お姉ちゃんの歌だけじゃない。
ロゼからもたくさん希望をもらったよ？

……それより、自主練するなら私も付き合うわ。
やりすぎない程度に……。

あれ、顔が赤いよ？
もしかして照れてる？

そんなことないわっ。早くレッスンを始めましょう？

——ふぅ。よかった。
ティアラのヤツ、元気になったみたいだな。

それにしてもビックリしたよね～。
りっちゃんがわたしたちの部屋に突然押し入ってきてさ。

す、すみません。
ティアラさんが寮を抜け出すのを見かけて、
つい心配になって……。

けど、余計なお世話だったみたいですね。

ああ。会話はよく聞こえなかったが、
ロゼッタが上手くやってくれたようだ。

さあ、そろそろ寮に帰ろうか。
いつまでも盗み見しているのはなんだか悪いし。

お～いティアちゃんロゼちゃ～ん！
わたしたちも混ぜて混ぜて～！

なっ……ラヴィ!?

わ、わたしも自主練したいです！
二人に負けてられません！

リネットまで……。まったく、仕方ないな。私も行こう。
ただし、オーバーワークには気をつけろよ？

それならだいじょーぶ！
わたしにちょー名案があるから！

名案？

えへへ。エースに任せなさい♪

Lapis Re:LiGHTs
Witches album

パジャマパーティー in フロ学女子寮

というわけで！ LiGHTs
パジャマパーティー in フロ学女子寮〜！

ほらほら、お菓子とベリーポーションも
いっぱい用意したよ？
今夜は大騒ぎしちゃおう！

いいのかしら？
オルケストラは明日なのに……。

まあ、緊張しすぎるのもよくないしな。ラヴィなりに
オーバーワークにならないように気をつかって——。

あ、参加料は一人３００００フロラね？

金額がオーバーすぎるぞ!?

そうよ！　３００００フロラ……それだけ稼ぐのに
いったいどれだけバイトのシフトを増やして、
食費を削って、家計簿とにらめっこすると思って……！

お、落ちついてロゼ？　さすがに冗談だと思うから。

あはは、とーぜん！　今回の参加料はゼロだよ？
お菓子と飲み物は全部先生からの差し入れだから。

なっ、教官が？

いいんでしょうか？　こんなにたくさん……。

先生に今日のことを話したら、
『たっぷり息抜きしてくれ』って言われたんだ。

教師が生徒に個人的な贈り物をするのは
校則的によくない気もするけど……まぁ、
今日くらいは見逃しましょう。

先生の好意を無駄にはできないよ。
このお礼はオルケストラでしよう？

そーいうこと！　ではでは、みんな？
ベリーポーションを持って……かんぱ～い！
せっかくだから写真も……パシャリ♪

おおっ、蜂蜜ヌガーやパンプキンパイもあるのか。

おいしそうです♪

思えばこの２週間、
公演に向けてお菓子をあまり食べていなかったわ。

当日デブってたらヤダもんね～。
まあ、わたしは気にせず食べてたけど。

食べた栄養はどこに行っているんだ？
頭ではないことだけはたしかだが。

むっ、失礼な。マルルセイユ国民は
食べた栄養をお胸に蓄えられるんだよ？

………!?　なるほど……道理でラヴィは胸が……
それにリネットも……。

本気にしないでくださいー!?
胸とは別の話を……そうだ！
わたし……こういうときにしたい話があって……。

ずばり、恋バナですっ！

えっ!?　なんで急に!?

その、作詞の参考になる気がして……
ここには若い女の子がたくさんいますし、
リアルな意見が聞けるのではと……。

リネットだって若い女の子じゃ……あっ、
そう言えば、ロゼとアシュレイはモテるよね？
よくラブレターをもらってるし。

ラブレターと言っても差出人は女子生徒だぞ？

全部断っているしね。
こういう話ならラヴィの方がたくさんありそうじゃない？

ほえ!?　あぅ……とーぜんでしょ!?
わたしはこう見えても……恋愛けーけん豊富で……。

大丈夫？　顔が赤いけど。

そんなことないってば!?

そうですよ！　ラヴィさんはこう見えてすごいんです！
普段は元気で明るいですが夜になると
無邪気型のＳになり夜な夜なアシュレイさんを……！

私を……なんだ？

……はっ!?
そ、それより話を続けましょう!?
たとえば、告白されるならどんな感じがいいですか？

ふむ、告白か。
私は真正面からぶつかってきて欲しいな。ラヴィは？

えっ……あぅ。わたしはよくわかんないかな……。

ラヴィって、こういう話が苦手？

そういうわけじゃないよっ!?　ただ考える時間が
欲しくて……それより！　りっちゃんはどうなの!?

え、えっと……わかりづらいかもしれませんが、
今月の月刊ベラドンナの76ページのような……。

本当にわかりづらいわ……。

魔女漫画に載ってる方法だからロマンチックな感じが
いいってことだよね？　ロゼはどう？

ロゼちゃんはあれじゃない？
札束と土地の権利書と最高級輝石の指輪を
プレゼントフォーユーされるとか……。

そこまで守銭奴じゃないわっ。
それに……お互いの気持ちさえあれば、
きっとお金がなくてもやっていけるもの。

きゃあああああロゼッタさんロマンチックです～♡

いえ、あなたには負けると思うけど……。

ティアラはどうだ？

う～ん……告白か。できれば手紙とかじゃなくて、
真正面から伝えて欲しいかな。たとえば……。

あなたの北極星になりたいって言ってもらうとか？

あぅ……ロゼ。その話を蒸し返すのは……。

？　北極星って、なんですか？

えっと、それは……。

というわけで、
北極星は異世界の人たちの道標になってた星なんだ。

へえ～。ちょーロマンチック～。

なんだか教官のようだな。
あの人はいつも私たちのことを気づかってくれる。

私もそう思うわ。きっとリネットも――。

北極星……この世界には存在しない星……
夜空に輝く道標……たしかに先生と似てる……
ううん、先生だけじゃなくて、きっと……。

……って、リネット？　何を一人でつぶやいてるの？

あっ……すみません。ただ、ひらめいてしまって。

ひらめいたって……。

もしかして、新曲の歌詞？

はい！　ずっと悩んでたんですけど、
ティアラさんの話を聞いてテーマが生まれたんです！

だが、オルケストラは明日だぞ？

あっ……そうですね。
このタイミングで思いついても間に合わなくて――。

ううん、そんなことない。

お願い、リネット。
今すぐ思いついた歌詞を教えて欲しいんだ。

えっ!?　ティアラさん、まさか……。

第11話

Lapis Re:LiGHTs

Witches album

本番５分前！

～オルケストラ当日　楽屋～

すごいよ！　客席の様子を
見てきたけど、ちょー満席！

やったわね。ビラ配りの効果が
出たのかも。クラスのみんなも
宣伝してくれたらしいわ。

あとでお礼をしなくちゃいけませんね。
ただ……ううっ、緊張してきました。

大丈夫だよ！
新曲の方も完成したし。

ええ。昨日は驚いたわ。
パーティーを途中で切り上げて、レッスンを始めるなんて。

結局明け方までずっとやってたし。
まったく、エースに努力は似合わないのにな～。

そういうラヴィもうれしそうにしてたじゃない。
『この曲を歌えばみんな喜んでくれる！』って。

時間は少なかったけど、集中してレッスンしたから
歌詞を憶えられた。それに、すごくステキな歌詞だよ。

ティアラさんのおかげで思いついたんです。
テーマは北極星。この世界には存在しない道標の星。

きっと、わたしたちの中にも北極星があるんです。
それは、いつもわたしたちを気づかってくれる先生。
声援をくれるファンのみなさん。そして……。

私たちが抱えてる夢！
ナイトパレードに出ること、トップ魔女になること、
みんなに元気を届けること……。

それが、私たちにとっての北極星（みちしるべ）なんだね！

あぅ……あらためてそう言われると恥ずかしい気が。
我ながら、夢見がちな歌詞というか……。

リネットにもティアラのクセが伝染ったのかもね。

わたしはいい歌詞だと思うな～。

うん！　だから、がんばろう？
みんな、私たちの歌を聞きにきてくれたんだから
期待に応えなくちゃ――。

……残念だが、そうではないかもしれん。

えっ、アシュレイ？　どーいうこと？

今夜の公演には
私たち以外のユニットも出ることになっていただろう？

さっき聞いた話なんだが、
その内の一つがメンバーの体調不良で
舞台に立てなくなってしまったらしい。

それで……
supernova が代わりに出ることになったそうだ。

えっ!?

じゃあ、席が満員なのは……。

supernova のファンが大勢いるからだろう。

そういや青い輝砂灯を
持ってる子がたくさんいたかも……。

そんな……それじゃわたしたちは前座扱いで……
今日までがんばってきたのが、無駄に……。

無駄なんかじゃないよ。

えっ、ティア？

無駄なんかじゃない。
客席には私たちの歌を楽しみにしてくれてる人たちも
きっといる。

なのに、私たちが沈んだ顔で出ていったら
みんながっかりしちゃう。

それに前座だろうと構わないよ！
私たちのファンじゃない人にも歌を聞いてもらえる……
これって、すごいチャンスじゃない⁉

ティアちゃん……。

私たちがすることは変わらない。
今日までのレッスンの成果を出す。
私たちの歌、ダンス、そして魔法で……。

客席いっぱいに笑顔の花を咲かせよう⁉

——ええ。そうね。
みんな、ティアラの言う通りだわ。

ぷっ、あはははは！　笑顔の花か〜。
相変わらず恥ずかしいセリフだね。
でも、おかげで目が覚めたよ？

こ、こんな状況だからこそ、
ちゃんと笑わなくちゃいけません！

この日のために教官やクラスのみんなも
協力してくれた。その恩返しをしなければ。

――うん！
それには舞台で全力を尽くさなくちゃ！

（そうだ。今の私はお姉ちゃんに認められてない。ユエさんにも敵わない。）

（けど、立ち止まっちゃダメだ。思い出せ。リネットが書いてくれた歌詞を。）

（私たちは、私たちにとっての星を掴まなくちゃいけない。そして――私たちがなるんだ。）

（みんなの、道標（ひかり）に。そのためには……。）

ねえ、みんな。記念撮影しない？
この瞬間を忘れないために。

きっといい写真が撮れるわ。
今のティアはすごく輝いてるもの。

ま、舞台で一番輝くのはわたしだけどね♪

舞台上でミスをしてもフォローし合おう。
今の私たちならそれができる。

supernovaにだって、負けませんっ！

本番もがんばろう！
私たちの新曲……『ポラリス』を届けるために！

～オルケストラ終了後　楽屋～

はぁ、はぁ……っ、疲れました……。
観客が多いせいか、いつも以上に緊張して……でも……。

みんな、ちょー盛り上がってくれたね！

supernova のファンからも歓声をもらえたな。

えへへ。アシュレイもダンスミスらなかったね。
エースとしてほめてあげる～♪

なっ、急に抱きついてくるなっ。

ふふっ。色々あったけど、無事に終わってよかったわ。

ありがとう、みんな。
一晩で新曲を憶えようなんて無茶を叶えてくれて。
みんながいてくれたから、今夜のステージが生まれた。

改めて思ったよ。
この学院に入学して、LiGHTs を組めてよかったって。

私もよ。この五人ならなんだってできるわ。

ナイトパレードにだって出てみせるよ！

そのためにこれからも鍛錬を重ねよう。
まあ、今夜くらいは息抜きしてもいいと思うが。

あはは、そうだね。
みんなで打ち上げもしたいし。

打ち上げ……あっ！

ん？　どったのりっちゃん？

あ、いえ！
実はみなさんに提案があるのですが……。

Lapis Re:LiGHTs
Witches album

北極星に照らされて

ふむ。こんなところか。
テントの準備はできたぞ。

へえ～。アシュレイって
こういうの上手いんだ。

祖国にいたころはよく父や兄たちと
キャンプをしていたからな。

こっちも夕飯の準備ができたわ。

わぁ、おいしそう！
学院の屋上でバーベキューなんて、なんだか新鮮だね。

以前ラトゥーラさんから聞いたんです。
シュガポケのみなさんは公演の後によく
キャンプやピクニックに出かけるって。

いつもと違う場所でゴハンを食べたり眠ったりすると、
なんだか特別な気分になれて楽しいって。
このキャンプ道具もシャンペちゃんが貸してくれました。

あとで礼を言わなければいけないな。
ここにテントを張るというのもいいアイディアだ。

さっきオルケストラが終わったばかりだし、
遠出するのは厳しいものね。

今夜は星がとっても綺麗で……あっ、そうだ！
さっき先生が望遠鏡を持ってきてくれたんだ。
だから今夜は……。

ヘンタイ観測だね！

……おまえ、わざと間違えてるんじゃないだろうな？

先生にもお礼を言わなくちゃ。
バーベキューの材料も先生からの差し入れだし。

しかも……これ、すごくいいお肉よ……
こんなお肉を食べるのは何ヵ月ぶりかしら……！

うっわロゼちゃんが肉に欲情してるぅ！
ヘンタイだ！　ヘンタイ観測だ！

やはりさっきのはわざと間違えたなこのバカウサ!?

ふふっ。
ロゼがうれしそうでよかった……くしゅんっ。

あっ、風邪を引かないようにしてね。ここは少し冷えるし。

以前作った防寒ブランケットを持ってきたぞ。
これに包まれば風邪を引かないはずで……。

ふふ〜ん、わたしも
アシュレイが着てたキグルミを持ってきたよ？
これを着れば温かいと思って！

……まあ、若干一名すでに病にかかっているがな。
バカは死んでも治らん。

にゃにおー!?　せっかくナイスアイディアなのに！
ね、りっちゃん？

（「あっ、このキグルミ、アシュレイの匂いがする」
「なっ、このバカウサっ。恥ずかしいことを言うなっ」
赤面して否定するアシュレイ。）

（「ふふっ、赤くなっちゃってかわいー♡　どうせなら、もっとアシュレイのかわいーところが見たいな」
「なっ、やめろ……そんなに顔を近づけるのは……」）

（ラヴィは悪戯っぽい表情を浮かべながら、夜空の下でゆっくりとアシュレイの口唇を——。）

リっちゃん、大丈夫？
口からよだれが……。

あっ、すすすすすみません！
あまりにおいしいシチュエーションだったのでつい……
ごちそうさまですっ！

この場合いただきますよね？
夕食はまだ始まっていないし。

そうだよそうだよ～！
それにバーベキューもそろそろいい感じじゃない？

うん♪
ゴハンを食べたら天体観測もしよう。

先生も誘っておいたから、
仕事が一段落したら来てくれると思う！

えっ、本当に？

楽しみだな。
教官にこの世界の星座を教えてやらねば。

いつも色んなことを教わってる代わりにね♪

けど、先生と校舎で夜を過ごすなんて……
緊張しますね。

いいじゃない。メリットもあるわ。

えっ、そ、それって……！

屋上でバーベキューをしても、
教師がいればとがめられないもの……あら？
どうして赤くなってるの、リネット？

い、いえ、なんでもありません！
決しておかしな妄想をしていたわけでは……！
それより、せっかくですし乾杯しましょう！

では、音頭を頼むぞティアラ。

えっ、私？

フツーならエースのわたしの役目だけど、
今回はティアちゃんに譲るよ！

ティアラさんが北極星の話をしてくれたから、
ポラリスの歌詞を思いつけたんです。

あなたは私たちLiGHTsのリーダー。
これ以上の適任はいないわ。

みんな……えへへ、ありがとう。

では！　新曲の完成と
LiGHTsのオルケストラの成功を祝って……。

LiGHTs一同

かんぱーーーーーーーい！

えへへ。テントで寝るのなんて初めてかも。

ええ。あっちのテントはもう眠ったかしら？

どうだろう？　さっきまでは声が聞こえてたけど、
今は静かだから寝ちゃったかも。

疲れてただろうし無理もないわ。
今日はすごく楽しかった。
オルケストラに、バーベキュー。

それに天体観測！　ステキな写真がたくさん撮れた。
先生も来てくれたから、一緒に星を観られたし。

さすがに生徒と一緒に泊まるのはマズいって言って、
さっき職員棟に帰っちゃったけど。

来てくれてうれしかったわ。
先生は別の世界から来た人だけど、
私たちにとってかけがえのない人だもの。

先生がいたからこそ、ポラリスも生まれたと思うんだ。

あの曲を大事に歌っていこう？
今までのLiGHTsの曲と同じように。

もちろんよ。
さあ、そろそろ眠りましょう？
また明日から、魔女活動をしなくちゃいけないもの。

うん。私たちのオルケストラは今日で終わりじゃない。
明日も、その先も、まだまだ続く。

（そう、だからこそ私たちは……。）

Lapis Re:LiGHTs

Witches album

LiGHTsと夜明け

ふぁあ……おはよ～。

珍しいな。ラヴィにしては
早起きじゃないか。

えへへ、なんだか目が覚めちゃって。
それに起きてるのはみんなも一緒じゃん。

わたしたちも目が覚めてしまって……
そうだ。紅茶でも淹れましょうか？

ありがとう、でもその前にそろそろ見れるよ。

？　見れるって……あっ！

夜明けか。
屋上から見ると、綺麗だな。

なんだか夢みたいな光景ですね。
昨日のことまで夢なんじゃないかって思えてきます。

だいじょ～ぶ！　夢なんかじゃないよ？
新曲を完成させてオルケストラを成功させた♪

そしてここでキャンプをして、星を観た。
楽しかったな。

うん。
この思い出があれば、これからもがんばっていける。

ナイトパレードに出るには今まで以上に
魔女活動をがんばらなくちゃならないものね。

あの supernova にも勝たなくちゃいけません！
それにわたしたちの最終目標は……。

ナイトパレードで優勝すること！
それには国内の強豪と戦って勝たないと！

まさに茨道だな。

昨日のオルケストラは大成功でしたが、
supernova との間にはまだまだ差があります。

けど、必ず勝ってみせるよ。
――ううん、勝たなくちゃいけないんだ。

（魔女として成長するためにも。
お姉ちゃんに認めてもらうためにも。
そして――。）

（クラスのみんな、歓声をくれるファン、先生……
私たちを応援してくれるすべての人たちのためにも。）

私たちが、この学院の光になろう！

ティア……。

わたしも足手まといにならないようがんばりますっ！

うむ。
これまで以上に努力を重ねなければな。

わたしも今まで以上に輝いちゃうよ？
この学院のエースとしてね！

さあ、そうと決まったら朝ゴハンを食べよう？
お腹ペコペコだよ～。

あっ、その前に最後にみんなで写真を撮っておかない？
今日の記念に。

名案ね。
思えばこの２週間スマホでたくさん写真を撮ったし。

ふふっ、中にはこんな写真もあるぜ～。

ラヴィさん!?
それはわたしたちがお風呂に入ったときの……！

すぐに消せ！　そもそもこの写真は
ファンのみんなに見せるために撮ったんだぞ!?

わはは、だいじょぶだいじょぶ。
ヤバいヤツは公開しないから。
それに、いいドキュメンタリーができたよ。

これを公開すれば
もっとわたしたちのファンが増えるはず♪

そうだね……あっ、そう言えば。
どうやってみんなに公開するの？

えっとね、先生が言うにはぱそこんって機械があれば
このスマホの中の画像やら動画を
編集できるらしくて……。

……待って。
先生って、その機械を持ってるの？

あっ。

……オイ。
まさかそこを確認しなかったんじゃ……。

さ、さあみんな！
写真を撮ろっか！　今日という日を忘れない……いや！
いっそ思い出は写真だけにして積極的に忘れよう！

わけの分からないことを言うな!?
公開できないのでは写真を撮りためた意味が……!

――ううん。そんなことない。
いつかわたしたちがトップ魔女になったとき、
この写真の数々を見て思い出すんだよ。

あの2週間があったからこそ、
今のわたしたちがあるんだ……って。

ラヴィさん……。

無駄にいい感じのセリフを言って誤魔化そうとしてない?

え～、ティアちゃんのマネをしただけなのにな～。

えっ……
私はそこまで恥ずかしいセリフを言ってるわけじゃ……。

そうだな。
ティアラの場合はもっと恥ずかしい。

やっぱり本家には敵いませんね。

そこがティアの可愛いところよ。

あぅ……それより早く写真を撮ろう!?
ほら、みんな笑って!

前にロゼが言ってたでしょ?
誰かに夢を見せるには自分が夢を見なくちゃいけない。
それと同じで……。

誰かを笑顔にするのは、
私たちが笑顔にならなくちゃ♪

AFTERWORD

こんにちは、あさのハジメです。
この『ラピスリライツ』は Project PARALLEL という別名がついており、ゲーム、コミック、アニメ、音楽、ノベル……など様々なメディアで進行するプロジェクトです。
自分はゲームのシナリオ、アニメ脚本の一部、そしてこのノベルを担当させていただいております。そのせいか最近全然ラノベを書いておらず、ネットでは死亡説なんかも出ていたりで……生きてます！！
さて、パラレルの名の通り、この作品はメディアミックスされる分野によって、世界観やキャラ設定が少し違っていて、ノベル版の世界観はゲーム版と同じものとなっています。
ただし、この本の作りは通常のライトノベルとかなり違っていて。
というのも、編集さんと打ち合わせしたときに、「せっかくの大型メディアミックスプロジェクト、ノベライズも何か新しいことをしましょう！」というご意見をいただき……なんと全編横書き！　ほぼキャラのセリフのみ！　そして怒涛の見開きカラーイラスト１３枚！
キャラデザに加え、最高のイラストを描いてくださった U35 先生、本当にありがとうございます……！　この本は LiGHTs の日常がテーマなのですが、どのイラストからも彼女たちの個性と可愛さがあふれ出ています。
ここ数年ずっとゲーム関係の仕事をしていて、こうしてラノベを出させていただくのは久しぶりなのですが……果たしてこの本をラノベと呼んでいいのか？　イラストノベル？　カラーノベル？　いっそのこと U35 先生イラスト集？
そんな感じで定義に迷ったのですが、それくらい新しい試みをするということで、とても刺激的です。
『ラピスリライツ』も異世界のアイドルである魔女たちが活躍する刺激あふれた作品。
アニメは絶賛放送中、コミカライズも連載中、このノベルも電撃 G's magazine さんで少し内容が変わった連載版を掲載中！
そして、ゲームもリリース予定ですので、これからもみなさんに『ラピスリライツ』の、そして作中を彩る魔女たちの新しい刺激を味わっていただけましたら幸いです。

MF文庫J

ラピスリライツ　魔女たちのアルバム
LiGHTs編

2020年7月25日　初版発行

著者　あさのハジメ
発行者　三坂泰二
発行　株式会社 KADOKAWA
〒102-8177 東京都千代田区富士見2-13-3
0570-002-001（ナビダイヤル）

印刷　株式会社廣済堂
製本　株式会社廣済堂

Printed in Japan　ISBN 978-4-04-064589-6 C0193

この作品は、電撃G's magazine 2020年4月号～8月号に先行連載されたものを改稿・加筆したものに、書き下ろしを加えたものです。

【ファンレター、作品のご感想をお待ちしています】
〒102-0071 東京都千代田区富士見2-13-12
株式会社KADOKAWA　MF文庫J編集部気付「あさのハジメ先生」係「U35先生」係

TVアニメ
Lapis Re:LiGHTs
ラピスリライツ
絶賛放送中!
詳しくはコチラ
https://www.lapisrelights.com/anime/

月刊コミック電撃大王で好評連載中の、
ヒロイチ氏が描く公式コミック
『ラピスリライツ』が単行本で登場!!
2020年
7月22日
発売
電撃コミックスNEXT
ラピスリライツ 1
Lapis Re:LiGHTs
The "Witches" don't only use magic, they sing too. Do you believe in magic?
漫画 ヒロイチ 漫画版構成 永井真吾 原作 Project PARALLEL